뜨거운 날 호흡 속에 나는 살아있다

김은진 시집

『뜨거운 날 호흡 속에 나는 살아있다』

1부 / 고통의 뿌리, 내 안의 어둠과의 만남

2부 / 어둠 속 희망의 속삭임

3부 / 빛을 향한 여정, 희망의 날갯짓

4부 / 어둠과 빛으로 완성되어가는 삶의 퍼즐

잊힌 기억의 숲길을 걸으며,
어둠 속에 묻힌 향기와 그리움을 떠올려 봅니다.
손에 잡힐 듯 잡히지 않는 빛을 향해
용기를 내어 건너온 셀 수 없는 시간들.
쉼 없이 달리던 삶의 쳇바퀴에서 잠시 멈춰
나를 되돌아보는 순간,
빛과 어둠이 교차하는 자리에서
비로소 인생의 퍼즐이 하나씩 맞춰져 갑니다.

1부

고통의 뿌리, 내 안의 어둠과의 만남

무엇을 내어 드릴까요

무엇을 내어 드릴까요
하루의 따분함을
~~송곳같이 구석구석 마비시킴~~
알알한 따가움의 언어는 어떠세요

무엇을 내어 드릴까요
혼자라는 벽에 고립된
차가운 마음 한순간에 잊게 할
세상의 감칠맛의 언어는 어떠세요

무엇을 내어 드릴까요
공허로 얼룩진 하루의 끝
희망의 틈을 찾지 못해 얼룩진 손끝
품어주는 날개 아래
차가운 달콤함의 언어는 어떠세요

숙명의 잔해

시간의 촛불을 끄고
내 인생의 운명을 올곧이
빗고 또 빗어보지만
다시금 엄습하는

후-. 하고 불어
날려버린들
내 인생 위에 정체되어
손끝에 축적된
새까만 숙명의 잔해

거미줄

폐 속까지 차오르는
독한 악취를 풍기는
알싸한 절망과 고통으로 만들어진
한 방울의 하얀 눈물이

거미줄같이
이어진 신경을 물들이며
서슬 퍼런 공포로
나를 마비시킨다

쓰라린 미움과 포기한 원망으로 짜인
세상을 향해
옭아 만든 거미줄의 조물주는
내 손끝임을 망각한 채로

기억의 필름

하릴없는
시간의 장벽을 타고
타닥타닥
그을려 태워지는
기억의 필름

거무스레
잔해만 남아 버려진
기억을 핥는
숭숭 구멍 뚫린
나의 마음
나의 추억

상실의 모래알

시침이 끊임없이 이어지는
시간의 연결고리
반복된 일상 속에서

흘러내리는
차디찬 삶의 모래알이
조금씩 의미를 잃은 채
사라진다

인생의 뱃머리
익사 당한 시간들은
시간에 산화된 검붉은 모래알로
상실의 손끝에서
애처롭게 흘러내린다

복종

희망이
무너지는 별빛 속에서
차가운 너를
탄생시킨다

나의 절망과 고통으로
자라난 너는
내 행복의 목적이 되어

시녀된 내 두 눈이
끊임없이
너를 좇아 복종한다

새끼손톱

송곳같이 흩어지는
시간의 뒷그림자를 쫓는 숨 가쁜 순간에도
너는 항상 나의 일부분이었다

너의 힘듦과 아픔은 모른 척한 채
너의 존재도 인식하지 못한 채
나는 서서히 썩어가고 있었다

내 살갗과 너의 피부가 이별하여
헐거워 뜯기고 선홍빛 피로 얼룩진
네가 없어질 때,

비로소 알게 되는 깊은 존재의 의미
분명하고 냉정한 시침 편의 끝,

내 심장 파고드는
온종일 나를 내 세상을
잡아 뒤흔드는 고통

손톱

순식간에 떨어져
홀로 남겨진 바닥인생

고통으로 점철된
시간으로 만들어진
통곡의 벽을
하릴없이 기어올라 간다

벽에는
뚝뚝 눈물 맺힌
시뻘건 핏물이

손에는
까만 절망으로
굳어버린 손톱

어디 계시나요

어디 계시나요
설레는 마음을 담아
내 몸 구석구석
희망하는 행복으로
예견되었던 당신은

어디 계시나요
버릴 수 없는
피폐된 하루를
의미 없는 차가움으로
노획당하던 당신은

어디 계시나요
용서받을 수 없는 죗값을
잘려버린 꿈 조각들로
난도질당한 당신은

불나방 인생

세상의 모든 물건이 모여 만든
어둠의 사각지대

백열빛으로 만들어진 거짓된 하얀 나라에
줄지어 들어오는 서로 다른 인생들

아무렇게나 던져진 동전닢들의 가치만큼
팽개쳐진 인생

파란 종이와 맞바꾸어진 담배 연기로
일상이 된 고통의 쳇바퀴를 지우려는 인생

새벽이슬 머금은 억지 미소를 팔고 얻은 초록 종이로
곧 일어날 소중한 딸의 아침밥을 사 가는 인생

그 누가 탓할 수 있을까
목적 없는 인생을 구원할 불빛 찾아

하루하루를 겨우 견디며
세상의 늪에서 발버둥치는 불나방
그 자신의 소중한 인생인 것을

재생

누군가가 눌러준 내 삶의 재생 버튼으로
의지도 목적도 없이 흘러가는 인생의 시간들

하늘에서 쏟아지는 은하수 따라 여행하던
운명의 검은 별 하나 소리 없이 다가와

내 인생의 끝을 예고하는 인생의 정지 버튼 앞을
침묵하며 서성인다

내 인생의 마지막 재생을 결정할
죽음의 손등에 엎드린 나

무섭도록 차디찬 죽음의 입술,
그 떨리는 입맞춤과 함께
추락하는 끝 모를 공포의 맛

의미 없는 시간들 속,
조각난 영혼의 기억들이 파도처럼 밀려와
나의 삶과 죽음이 마주 본다

늦가을 밤

어디론가 떠나버린
빛들이 실종된
어둠 깔린 저녁이
시작된다

지구 어딘가 북쪽 끝,
얼어붙은 누군가의 눈물과
얼어 맺힌 마음의 냉기가
나의 온몸을 겨울의 기억으로
훔쳐간다

마취

혈관을 타고 흘러들어오는
온몸을 휘감는 소독약 냄새
내 몸과 정신,
내 삶까지 마취시킨다

내 것이 아닌 양
정육점의 버려진 고깃덩이처럼
차가운 철제 도마 위에 던져진
찢기고 피 흘려지는
내 인생을
말없이 내려다본다

피부에 스며드는
매일의 바람과 햇빛 한 줌을 그리워하며
인생의 사각지대에 감금된 채

붉게 흘려진 삶을 봉합하기 위하여
몇 번이고 마취된 삶과
죽음의 숨결을 들이마신다

나 자신과 마주하며

나를 찾아가는
기약 없는 긴긴 삶과 죽음의 경계에 위치한
겨울잠

지나간 나의 시간을 품은
잊힌 사랑의 기억만이
낙엽처럼 바스러질 육신의 껍데기만 넌
철제 침대 위의 나를
삶의 희망으로 가까스로 안내한다

시간의 두께

엇갈린 운명의 톱니바퀴 속
짓이겨지는 시간의 뒤틀림

톱니가 포개지는 시간의 맞물림에 따라
깊어지는 나만의 역사

아무도 볼 수 없고
아무도 들을 수 없지만

고통에 몸부림치며
맞물린 시간의 틈에서 처절하게 완성한
나만의 시간의 두께

그대여, 행복하였는가

머리 위에 관직을 두르고
위엄의 칼을 휘두르는
그대여, 행복하였는가

바지춤에 숨겨진
탐욕의 덩어리를 주렁주렁 채운
그대여, 행복하였는가

목숨값, 가득 채운 금고를 두고
그들을 재산으로 수혈한
그대여, 행복하였는가

퍼렇고 누런 종잇장에
인생을 걸고, 성공을 좇아
여기 하늘의 입구에서 너를 지키며
애처롭게 바라보는 나조차 보지 못하는
그대여, 정녕 행복하였는가

홀로 떠있다

무섭게 몰려오는 바람이
애써 만든 나의 갑판을
이내 부수이 내리누른다

파도를 만날 때마다
나는 수없이 원망했다

호시탐탐
붉은빛 도는
나의 육신의 즙을
나의 거친 피를 갈구하던

암흑속 정체 모를 너희들을
경멸했다

파도도 생명의 빛도 꺼진 지금
칠흙 같은 어둠의 고요함에 갇힌 나는
뱃머리를 간신히 유지하며
원망과 경멸을 기다리며
간신히 홀로 떠있다

욕망의 사치

인생을 비추는 검은 스크린
무표정한 의자의
텅빈 푸른 시선

객석 사이사이 어둠에 깃든
자만, 갈망, 욕정의 허영 섞인 관객은

흥청망청 목숨 값을 탕진한
무대 위 내 심장의 살점을 잔혹하게 도려낸다

채울 수 없는 허황된 욕망으로 움직이는
삶의 사치를 움켜쥔 채로

빨간 신호등

빨간 불빛이 쉴 새 없이
눈을 껌뻑이며
늦가을 바람에 흔들기리는
회색 푸른빛 손끝, 억새의 떨림을
말없이 지켜본다

살얼음진 활주로처럼
길게 늘어선 무언의 선로 위를
고요한 외로움과
덧없는 먼지들만
허망한 빨간 빛으로 쌓아간다

생명의 짓이김

잃어버린 고향길 찾아
물끄러미 세상 밖을
바라본다

애절함과 비통을 삼킨 채
말없이 저 달과 함께
떠나가는

창백한 생명의 짓이김

마지막 온기 담은
어지러운 이별과
안녕을 고한다

주름 1

운명의 오솔길 따라
가혹한 사랑이
잠시 머물다
지나간 자리

상념과 체념이
고귀한 고통 흘리며
채 떠나지 못한 골짜기

시간을 따라
힘겹게 오른 삶이
켜켜이 쌓인
단단한 역사의 흔적들

희망의 밑바닥

너의 검은 장막이
내 두 날개를
비참하게 결박하여
꺾어버린다 생각했다

어슴푸레
어둠의 시간을 넘어
저 멀리
빛무리를 휘감은 네가

희망의 밑바닥에 감춘
하얀 알몸을
드러내기 전까지

나를 깨우는 순간

시침과 분침 사이
비릿한 어색함이
채우는 순간들

시간의 불순물을 벗겨
그 안에 잠든
과거의 나를
오롯이 깨우는 순간

시간의 가면을 벗겨
그 안에 숨겨진
나만의 사유를
빚어내는 순간

너를 위해

어둠 속 내 몸과 마음을 옭아맨
새퍼런 철장을
원망하고 또 원망했다

공포와 절망으로 짜인 철장은
점점 더 견고해지고
내 생명의 입김조차 부정당했다

그러다 저 멀리 어딘가
같은 감옥에서 들려온
외마디 죽음의 절규에

너를 향해
피 흘리며 필사적으로
내 감옥을 맨손으로 부수고
너에게 가까스로 다가선다

이제 괜찮다고
충분히 잘 견뎠다고
그 한마디를 하기 위해서

네가 원한다면

네가 원한다면
내 눈물 줄기 하나
두려움으로 굳어버린
반짝이는 하얀 보석을
조각내어 줄게

네가 원한다면
내 불쌍한 추억의 발치에서
고통의 납빛 껍질을 벗긴
하얀 내 생명을 내어줄게

노스텔지어

고독으로 끊어진 시간의
마지막에서야
만나는

절망의 벼랑
끝에서야
보이는

오래전 잃어버린
꾸깃한 희망 흡수한,
내 마음의 종이 천조각
나의 노스텔지어

겨울의 입구

시리도록 청명한
슬픔을 담은
겨울의 입구

추억이 축적된
기억의 뒷문을
떨리는 하얀 마음으로
하염없이 두드린다

영원에 갇힌
엇나간 쓸쓸함 사이
하늘에서 버려진
별빛 파도치는 따스함을
나의 마음 끝에 적셔본다

보랏빛 진심

매섭게도 차가운 그리움이 지나간 자리
화려한 연분홍 인생이 지나간 자리

아무도 눈치채지 않게 간직한
그리움과 외로움으로 키워진

무심한 듯 처연한 보랏빛 나의 진심으로
끝내 물든 꽃잎 조각을

비록 수많은 눈물이 내 몸을 차갑게
적실지라도

당신을 향해 소리 없이
수줍게 펼쳐봅니다

2부

어둠 속 희망의 속삭임

시간의 계단

발끝 투명한 세상
감히 쳐다볼 수도 없는
이번 생의 정해진
나만의 시간의 계단

참담함으로 점철되어
금세 깨어버릴 듯한
가냘픈 시간의 길

희망으로 한 겹 덧칠만 한
운명의 틈 메우며
매 순간을 걸어간다

그림자와 나

저 멀리 꿈을 좇아 달려가는
나의 발끝을
절뚝거리며 차마 따라가지 못한
나의 그림자

뒤돌아보며
네가 존재함에도 모르는 척
시간을 타고 곡예 하듯
한 발로 서서 성공이란 별을
따려는 순간

껍데기만 남겨져
칭송된 훈장만
거친 피부에 척하니 걸친
어두운 그림자 감옥에
갇혀버린 나

해 질 녘 처마

해 질 녘 처마 끝을
점점 더 깊숙하게 침식하여 오는
석양의 따스한 그림자가

온 세상을 붉은 그만의 뺨의 온기로
다정하게 품어준다

깊어가는 석양의 온도
석양의 사랑을 느껴갈 때
순식간에 모든 것이
어둠으로 삼켜진다

마치 처음부터
어둠만이 존재한 것처럼

밀려오는 어둠이
순식간에 삼켜버리는

처마 끝에 아슬아슬하게 매달린
나의 인생

빛과 어둠의 시간

왼쪽엔 빛을
오른쪽엔 어둠을
발끝에 여미며
날 선 시간의 선로를
걸어간다

검푸른 별무리가 감싼
칠흑 같은 허공 속
흔들리는 발끝을
숨죽이며 과감하게
내디뎌 본다

심장

인생의 강렬한 태양 빛을 피하려는 나에게
매일 가치 있게 살아있음을 알려주는
심상의 생생한 생명의 노랫소리

오늘도 나의 고통과 슬픔과 행복의 악보를
온전하게 그대로 거짓 없이 품어 안고
나의 심장이 연주할 수 있도록
내 마음의 악보를 기쁘게 펼쳐본다

파랑새

인생의 깎인듯한
거친 모퉁이
돌고돌아
어디 가니 파랑새야

이루어지지 않은 바람으로
꺾여 고름진
작디작은 날개로
어디 가니 파랑새야

위로 또 위로
보이지 않는
파란 행복 찾아
어디 가니 파랑새야

실패 수집가

자꾸만 끊어지는 인생길
흙먼지 날리는 허망한 날숨에
차곡차곡 쌓아둔 성공과 실패 사이
찢겨진 간극

잊혀진 고통과 절망 속
탐하여지는
시간들의 유혹

끝없는 실패와 실패 사이
그 시간들로 풍화된
나만의 서사
나만의 역사

붉은 바람

따뜻한 세상에서 뱉어져
검은 한숨 요동치는
발끝의 차디찬 도랑에 있다고
걱정하지 마세요

나는 찢기고 밟힐 때마다
내 온몸 한층 커져
세상의 추위에 떠는 아스팔트를
안아줄 수 있답니다

그 사이에서 찬찬히 태어나는
연민과 희망의 씨앗을 품고
따뜻한 봄날이 오기를 기다리는
붉은 바람이 있답니다

들꽃

탐스런 열매를 맺지 않아도
화려한 꽃잎 하나 갖지 못해도
나는 괜찮아요

아무도 찾지 않는 길가에
멈추어 서서
마음을 낮추어

미처 세상에 닿지 못한
빛바랜 색깔 담은
나의 찢겨진
꽃잎 하나하나

바라봐주는
그대가
있기에

주름 2

슬픔과 분노가
지나간 자리엔
움푹 파인
타인도 나도 구조하지 못할
계곡의 험난한 골짜기가
존재한다

행복과 사랑이
머문 자리엔
기쁨이란 주름진 음표가 남겨져,
삶이란 언덕의 여명에서
나의 미소와 함께 흐른다

반달

모두가 숨죽인 어둠 속
검푸른 하늘의 자궁에서
고통의 눈물이
반짝이는 별이 되어
하늘에 박히네

안타까움과 공허한 슬픔에
혼자 힘들어하는
그런 너는

네가 아픔과 동시에
세상 곳곳에
달빛 가득 찬 숨결로
너 자신을 빛으로 아로새기고 있구나

겨울 길

겨울 길 가르며
깊게 흘러내린 그리움이
머물다 가는 자리

하얗게 태워져
앙상해져 버린
손끝의 차가운 기억만이
아득한 자리

서성대며 끝내
슬피 떠나는 추억들이
하얀 온기로
어루만져주는 자리

눈꽃나무

못 이긴 척
나의 하얗게 푸른
가슴에 안겨

너의 체념과 후회를
하얀 지우개로
뽀독뽀독 지우며
어루만져줄게

눈꽃나무의 뿌리에
너의 슬픔을 묻어
희망이란 탐스런 꽃을
피워줄게

구름길

여름꽃 피었다 이내 떨어진 꽃자리
점점이 이어주는
청명한 하얀 빛깔 품은
마룻길 구름

파르스름한 가을의 한자리에
갓 태어난 아기를 감싸는 처녀처럼
따스하게 하늘을 감싸며
끊어질 듯 끊임없이
드높은 하늘 끝 계단을 향해 이어진다

드넓게 이어진 구름의
징검다리 따라 걸어 올라가면
가을에 물든 나의 마음
구름길에 덜어줄 수 있을까

정거장

끊임없이 흔들리는
인생길
그저 온전하게
내 몸을 맡겨본다

수 없는 오르막과
수많은 내리막길
그저 묵묵하게 인생길 따라
시간을 타고 걷는다

예상치 못한
인생의 정거장
낯선 손님들을
기쁘게 맞이하며

파도

말 못 할 누군가의
이야기를 품고
철썩이는 해변의 파도는

자신을 내어주며
사연 담긴 모래알을
알알이 감싸 안는다

사라지는 너울의 거품 속에
뜨거운 열병을
차가운 설움을
떨어뜨리며

기억의 접점에
다시금 새겨져
새로이 태어나는

금빛 유리알 눈물 그득한
나만의 파도

새싹

한 줌의 초록빛
파릇한 생명력,
인생의 냄비 속
뜨거운 열기에
이내 죽어버리는
너의 파란빛

한줄기 작은 빛
찬란한 생명력,
세상의 흩어짐 속에
차가운 눈물 받아
다시 태어나는
너의 초록빛

악보

익숙한 인생의 언저리
두려움을 품고
건너가는
하얀 징검다리

헛된 희망으로
쭉 뻗은 용기 혹은
미지의 소리를 내기 위한
깊고도 푸른 몸부림

삶을 가득 채우며
인생의 악보를 메워 가는
어둠의 음표 혹은
환희의 음표

열차

반짝이는 작은 별들의 삶을 싣고
시간의 선로 따라 흐르는 인생의 열차

저 멀리 열차 속 작고 가치 있는
저만의 색깔로 빛나는 별들은
자신의 빛을 바라보지 못한다

타인의 빛을 흠모해 눈이 멀어 버리거나
자신의 눈에는 어둠만이 보이기에

삼각주

세상이 원하는 갈망의 칼날로
쌓인 시간들에 숨겨져
갈라진 마음길
무심하게도 찢고 내려간다

탐욕의 조각칼로
장애물된 마음을 쳐내고
네가 말하는 성공이란 목표에 닿고자
욕망의 시멘트를 마음길 부수어 덕지덕지
메워버렸거늘

힘겨운 여름내
나의 버려진 몸통 위에 내리친
원망스러운 비바람과 폭우는
제자리를 찾지 못하는
나의 무채색 시멘트를 보듬어
황금빛 삼각형으로 아름다운 그들의 자취로
먼 옛날 잊었던 마음의 안식처를 만들어주고
그저 떠나버렸네

3부

빛을 향한 여정, 희망의 날갯짓

찬란한 길

찬란하게 빛나는 길은
똑바로 바라볼 수 없다

빛으로 뭉개져
위치와 형태조차
짐작할 수 없을 정도로

숨소리를 고르며
시간을 찢고
겹겹이 두른 실패라는 신발을 신고
조금씩 다가가기 전까지는

몸부림

활시위를 강하게 잡은
궁수의 굳은살처럼

내 마음과 진심을 깊게 새겨
미래의 나에게 보내버렸기에

본래의 나 자신으로 돌아가려는
내 마음의 활이

차가운 공기를 가르며
온몸의 고통으로
몸부림친다

불꽃

과거의 작은 빛으로 태어난 내가
현재의 나의 불꽃을 만들고
다시 나는, 미래를 잇는 불씨를 품는다

아슬아슬하게 매일의 끝에 매달린 불꽃으로
나를 기다리는 나의 세상을 향해
조금씩 나의 한계를
스스로 불태우며 나아간다

담담한 불꽃 속에 강인함이
부드러운 불꽃 속에 예리함이
차가운 가슴속에 뜨거운 열정이 담긴
나만의 혼돈의 불꽃을
오늘도 즐겁게 미지의 행복으로 초대한다

두 바퀴

선택된 자의 고속도로 옆
울퉁불퉁 모난 흙길 위
나의 녹슨 두 바퀴

서러움이 쌓인 만큼 내 폐는 옥죄어져
세상이 뱉어낸 한숨마저
금세 녹슨 두 바퀴에 베인다

찬란한 금빛대로 옆
초라하게 자꾸만 멈추고
넘어지는 나이지만

어제의 바람과
오늘의 들꽃잎 한 장이 배웅하는
흙길의 체온과 삶을 기억하며
앞으로 앞으로 나아간다

달리기 1

인생의 안전지대를 벗어나
불빛 하나 없는
미래의 암흑지대를 향해
전속력으로 달려간다

과거의 경험들
기쁨 슬픔 행복
그 모든 찰나들이

내딛는 나의 발끝을
아름답게 비추어준다

두려운 것은 없다
순간순간을
즐기며 달린다면

좁은 길

채찍 당한 시간들만
먼지입자처럼
어스름하게 쌓여 만든
좁은 길

무정한 어둠에
가려진 시야는
이 길의 끝
제 몸을 할퀴는
영광만을 허락하는가

곧 떠오를
희망의 발치에
예정된 새벽빛 품은
한밤의 선물을 허락하는가

발끝마다 닿는 봄

단 한 발자국
나의 밖으로 나아간다

세상의 가장 낮은 곳에서
발끝마다 조심스럽게
닿는 봄

봄의 잔해와 여름의 태동
그 혼돈의 아름다운 세상

그 속에 사라져 가기에 고귀한
순간의 봄빛 행복이 있다

이제 막 시작하는 첫사랑 같은
여름의 두근대는
초록빛 일렁임이 있다

새벽 공기

차가워지는 온도에
눈물들이 방울방울 맺혀져
새벽에 그을린 땀방울이
세상에 흩뿌려지는 시간

새벽을 일으키는 사람들
어둠의 끝에서
하루를 마감하고
인생의 태양을 만나지 못하고
다시 어둠으로 스러져가는
자신만을 빛을 뿜는 불꽃들

희망의 별가루

모든 것이 숨죽인 한밤중
쏟아지는 시간들 사이

멈칫거리며 순간을 쌓여가는 저것은
힘없는 먼지인가

멈추어진 공간들 사이로
시간을 역행하여 쏟아지는
희망의 별가루인가

바람개비

나를 향해 무섭도록 돌진하는
나의 운명을 바꿀
세찬 인생의 바람이 없었다면

나는 내 부서진 삶의 마차를
다시 달리게 하는
방법을 몰랐겠지

내 안의 다채로운
마음의 빛깔
서로에게 얹어 파생된
무지갯빛 입자를 너에게
보여주지도 못했겠지

더욱 더 불어오는
인생의 바람 속 두려움을 넘어
즐기는 방법을 온전하게
깨닫지 못했겠지

하늘길

오후의 노쇠한 노을 진 하늘은
아침이 되기 전까지 어둠을 견디며
다시 해가 뜨는
새벽이 존재한다는 걸 알고 있다

어둠 속에서야
희망이라는 입자로 반짝이는 빛줄기가
그 찬란한 존재를 드러냄을 알기에

오늘도 한 뼘 한 뼘
멀어만 보이는 내 안의 나를 향해

묵묵하게 인생이라는
하늘길을 걸어가 본다

성공이라는 두 글자

너의 뒤꽁무니를
숨 가쁘게 따라간다

내 목숨까지 내어
너를 잡으려는 순간
하늘에서 떨어지는 유성처럼
추락해버리는 성공이라는 두 글자

숨을 헐떡거리는
너의 앞에 멈추어 서서
서로를 바라본다

너의 꺼져가는 생명의 눈
그 속에 나를 보며
얼마 남지 않은 내 생명을 너에게
남김없이 내어준 순간

비로소 온전한 나로
이 세상에 다시 태어나게 한
성공이란 두 글자

홀로서기

추락한다
끝이 보이지 않는다
더해지는 가속도만큼
공포가 짙어진다

거듭한 추락으로
빛이 닿지 않는
홀로 선
인생의 밑바닥

더이상 공포도 없다
두려움도 없다
떨어진 만큼의 높이만큼
가능성만이
나를 기다린다

별똥별

끝없는 암흑 속
애타도록 한 점 소식 없는
행운의 별똥별

기약없는 캄캄한
고요의 기다림 속
지친 모두가 집으로 돌아갈 때

저 멀리 희미하게
어둠에 익숙해진 자의 눈에만

별빛처럼 빛나는 희망을 품은
별똥별이

그들의 눈과 마음으로 살포시
남몰래 떨어진다

새벽의 숨결

고요하고 엄숙한 어둠 속
한걸음조차 움직일 수 없는
살얼음진 흙빛 세상을 뒤로하고

새벽 내내 어둠 속에
두다리를 땅에 박고
하염없이 기다려온 나의 심장에

벅찬 아침의 숨결이
하얀 뜨거움으로 내려앉는다

나의 한걸음

숨조차 못 쉬고 달려왔는데
어느 순간 멈추어버린
내 인생이었다

무거워진 마음 따라
무거워진 몸을 이끌고
100m만 걷자고
1km만 뛰자고
나를 달래고 또 달렸다

그러고선 깨달았다
내가 스스로 발을 내디뎌야
앞으로 조금이라도 나아가듯이

내 인생길에서
멈추어서서
다시 나아가는 최초의 시작은

결국 오늘 내디딘
나의 한걸음이라는 걸

비포장도로

멈춤 없이 쏜살같이 내 옆을 쌩쌩 지나가는
번쩍이는 자동차들 옆, 비포장도로 인생 살이

울퉁불퉁 모난 돌들을 밟아, 뒤틀어진 붉은 발목 위로
세상이 뿜어낸 악취들
세상이 만들어낸 쓰레기 더미를 걷어가며
앞으로 앞으로 헤져나간다

넘어질 듯 주저 앉을 듯 쓰러지지 않고
낡고 낡은 내 몸과 같은 녹슨 쳇바퀴를 돌려
끊임없이 멈추지 않고 나아간다

매끈하고 반듯한 인생의 고속도로 대신
움푹 파인 흙길의 인생길일지언정
돌 하나하나 흙알 하나하나
연민의 꽃잎과 풀잎 하나하나
기억에 담으며 어둠 깔린 돌길을 다시 되돌아갈 수 있는

다시 밟아갈 수 있는 아늑한 흙냄새 가득한
내 비포장도로 인생길

피뢰침

폭풍우와 눈보라가 격정적으로
눈앞을 가리며 휘몰아쳐도

내 안의 숨겨진 가능성이란 피뢰침을
항상 몸 안에 품고

성난 세상의 비바람에 맞서
당당하게 세상 가장 높은 곳에 올라선다

누구보다 먼저, 누구보다 많이
수많은 번개와 빗물에 맞닥뜨리더라도

내 안에 존재하는 찰나의 불빛을 즐기며
세상 끝에 홀로 서 있다

당신, 안녕하신가요

당신, 안녕하신가요
다가올 겨울의 자리를 위해
가을이 뒤돌아보며
아쉬움으로
낙엽의 붉은 그림자와 흔적을
남기고 가는
늦가을날,

당신, 부디 마음만은
따뜻한 봄날이길

당신, 안녕하신가요
청춘의 열망으로 가득 찬 겨울이
세상을 온통 하얀 눈꽃송이로
잠식해 가는
한겨울날,

당신, 부디 마음만은
찬란한 열정의 여름날이길

낙엽비

태양의 젊음이
나를 불태우고
슬픔이 몰아쳤다

여름이 그만의
노년을 맞이하며
아쉬움에 젖어
사그라들 때

가을은
새로운 젊음을
맞이하고

여름 내 움츠린 나의 몸이
낙엽비 내리는 길을
다시 뻗어 나가기 시작한다

날개

땅 위를 거미줄 치듯
흩어져 이어진
이름 모를 그리움의 눈물

인생 길 바닥 따라 흐르도록 내버려둔
이름표 잊은 열망과
그리움이 당도한 그곳

타는 듯한 찬란함
눈이 멀어버릴 듯한 사랑,
그 뜨거움의 고통을
온몸으로 흡수한 그 순간,

나는 비로소
날개를 달고
다시 태어난다

인생 바닥길 빗물 인생에서
새파란 하늘 속에 녹아들어 간
새하얀 자유의 몸으로

버려진 풀꽃

엇이겨진 시멘트 사이를 비집고
실수로 잉태되어 피어났지요

추우면 시멘트의 차가운 서러움이
더우면 시멘트의 뜨거운 울분의 눈물이
그게 나의 먹이였답니다

하지만 문득
5월의 하늘을 올려다보고
깨달았어요

따뜻한 햇살과
드넓은 하늘이
나를 항상 지켜주고
키워줬다는 걸

당신은 알고 있었나요?

그곳엔

세상이 하루가 끝났음을 알리려
선홍빛 낙엽 빛으로
물들여지는 시간

하나 둘 가게의 불이 켜지고
지친 하루에 절여진 몸을 이끌고
손님들이 찾아오는 시간

그곳엔
제 한 몸 태워 붉은빛으로
고기를 익혀가는 검은 숯이 있다

그곳엔
자신의 생명선을 새빨갛게 태워가며
가족의 삶을 지키려는 사람들이 있다

그곳엔
삶과 치열하게 싸워 결국에는 이길
새빨간 검은 숯 사람들이 있다

시험지

매 순간
나에게 주어진
오늘을 받아들고
인생의 정답지를
사각사각 채워간다

오답이 많아지면
많아질수록
정답에 가까워지는
인생이라는 시험지

오늘도 겸허하게
오답일지도 모르는
이 순간을
기쁘게 받아들어
풀어본다

다시 태어난다

안전지역에서 벗어나
새로운 곳으로 떠난다

인생의 눈보라와 비바람이 쳐도
나아가야만 하는 강인한 심장처럼

터널의 저편에
눈보라가 있다는 것을 알지만
도전하는 마음으로

미지의 새하얀 눈에
다시 태어난 나의 첫발을 새기기 위해
제2의 인생의 목적지를 찾아
터널로 미끄러져 들어간다

세상의 거친 바람을 통해
암흑을 거쳐온 영혼의 침묵이
시간의 산맥에 부딪혀
길고 긴 터널을 타고
눈이 되어 내린다

긴 겨울의 하얀 눈의 나라
눈에 파묻힌 터널
무언의 새파란 달빛의 숨소리 사이
영혼에 상처 입은
해가 뜨는 것을 잊는 생활

그 모든 좌절과 실패의 인생의 페이지를 덮고
새로운 페이지를 펼치려는 나의 마음처럼

모두 하얀 나라
이곳에서 나는
다시 태어난다

희망의 열쇠

심연의 뿌리부터
꾸덕한 열기로
새뻘건 공포 덩어리가
뱀처럼 또아리를 틀며
내 눈과 온몸을
어둠의 세상에 가두어 둔다

정신 마디마디
꼼짝할 수 없는 비참함 위에
굳어버린 공포와 절망의
작은 틈사이로
매장된 작은 희망

희망이란 열쇠를 쥐어들고
스스로 힘을 주어
온몸에 밀착된 검은 관을 박차고
다시금 세상으로 나아가본다

쇳덩이

어떤 날은 솜털 같은,
어떤 날은 쇳덩이 같은
인생의 무게를 들어 올려
나 자신을 훈련시킨다

숨죽인 공기의 발자국 위에
나의 한계를
매일의 쇳덩이로 조금씩 헐어가는 시간들
사람들의 날숨과 소금 맛 땀 냄새 그득한
그들의 한계치가 역사로 남겨지는 순간들

뜨거운 체온으로 불타는
내 몸의 세포들은
포기라는 중력을 거슬러
한계 곡선 저 너머의
내 땀방울 따른다

어느 순간 들어올려지는
인생의 무게를
매일의 나의 영혼의 무게를
나는 오늘도 쌓아간다

달리기 2

마음의 끈을 단단히 고쳐매고
과거의 그림자 문턱을 넘어
다시 나아가려는 그때,

때마침 떨어지는 검은 빗방울의 비웃음
무서워, 두려워, 나가지 말까? 숨어버릴까?
아니야, 단 1mm만 나아가자며
문밖을 나서는 순간

검은 장벽처럼 나를 막아섰던 빗물들은
새파란 하늘을 머금은
기쁨의 눈물방울로 바뀌어
내 온몸을 어둠에서 탈피시킨다

용기를 내어 한발 더 나아갈수록
경쾌한 피아노 건반처럼
어린 시절 잃어버린 내 안의
순수를 연주하기 시작한다

매일이 포기하고 싶은 순간들
하지만, 나는 검은 장벽을 걷어 제끼고

다시 매일의 첫발을 내딛는다

나만의 고독을 어두운 지난 길에 놓아두고,

잊었던 순수와 함께 새파란 하늘길로 다시금 나아간다

달리기 3

빠르게 달려
지쳐 쓰러지지 않게
너무 늦어
내 목표의 경로에서
멀어지지 않게
페이스를 유지하고
주어진 매일에 감사하며
인생의 트랙을
달리고
또
달린다

그네

저 멀리
행복이 숨겨진
하늘에 닿기 위해

온몸에 힘을 주어
바람과 햇살을 짓누르고
위로, 더 위로
날아간다

행복이
손에 닿을 듯한 순간

무섭게 다시
고통과 절망으로
뒷걸음치는

나의 인생을 태운
멈추지 않는 그네

작은 별

사람들은 소원을 빌죠

가장 높은 곳, 가장 그게
왕좌에 앉아 눈부시게 빛나는 별을 향해

세상의 희망을 바래요

끝난 무대 뒤편, 검은 장막 깊게 쳐진 듯
우주의 고요한 어두움 속을 가로지르는

작고 작은 나의 빛은 아직
세상에 모두 도착하지 못했지만

과거와 오늘에 눌린 온몸 겨우 일으켜
하늘조차 올려볼 수 없어
꺼져가는 수평선을 바라보는
누군가의 눈을

나의 작은 빛으로 비춰줄 수 있기에
나는 괜찮아요

붉은 노을, 황금빛 태양

붉은 노을이 진다

나의 슬픔, 후회, 괴로움과 아쉬움,
불 꺼지는 오늘이란 무대 위의
부스러기를 끌어안고
검은 밤하늘로 쓸어간다

황금빛 태양이 뜬다

새로운 인생의 첫 페이지가
새벽녘 차갑고도 따뜻한
경애의 희망을 품고
새로운 나의 세상을
황금빛 기회와 용서 그리고 희망으로
구석구석 물들인다

오늘, Present

새벽 공기의 향기 속,
새들이 열어주는 아침 공기를 가로질러
오늘이라는 특별함이 내 봄에 스며드다

내일 아득한 하늘의 작은 별이 되더라도
후회하지 않는 매일의 나의 계단을 조금씩 올라가는
나의 삶을 긍정하는 매일의 발걸음, 나의 의지

매일의 노력이라는 물을 주며
마음속에 영원히 시들지 않는 한 송이 행복이라는 꽃이
피어나기 시작한다

어제의 나보다 조금만 더 앞으로 나아가면 되는
오늘이라는 선물 같은 하루가
매일의 나의 삶에 뿌리를 내린다

내 삶이 나를 덮쳐도 쓰러지지 않게
흔들림 없는 뿌리를 내리게 해주는
나의 소중한 하루하루

한걸음에 땀방울

한걸음에 눈물
한걸음에 아픔
한걸음에 행복
그렇게 조금씩 앞으로 오늘을 품고 나아간다

내 인생의 배를 타고
운명이라는 파도에 온몸을 맡기고
뱃머리와 부딪히는 빗물과 파도가 쌓여
내 인생의 뱃길을 만들어 줄 것을 믿기에

국가대표

시대가 날 버렸다
결혼을 하고 육아를 하며
그 시간들이 나의 과거의 성공을 버렸었다

출구 없는 영혼이 갇힌
암흑의 끝없는 쳇바퀴,
시간은 멈춘 듯
탈출할 수 없는 그 시간들이
나를 성장시키고 훈련시켜 주었다

수없이 실패하고, 또 실패하고
쓰러져도 또다시 일어나, 마침내

내가 나의 목표를 해내게 될 때
나의 실패가 그들의 발걸음을 비춰주는 빛이 되길

함께 성공하게 되는 사람이 되고 싶다
삶이 힘들어도 좋아하는 걸 포기하지 말라고
꿈을 이야기해주는
마음의 국가대표 같은 사람이고 싶다

심해

한 칸 한 칸,
바다가 내민 심연의 사다리를 타고 내려간다
검푸른 파도에서 떨어져 나간 하얀 금속 파편들이
겹겹이 내 몸에 박히고
피부에는 금속의 냉기가 섞여 들어
깊고 차가운 그들의 숨결이 느껴진다
사다리의 끝, 끝없는 어둠 속
텅 빈 눈동자처럼 차갑고도 고요한 세상에
감춰둔 눈물 한 방울
나를 담아 조용히 흘려보낸다

그곳, 거친 바다의 속살 같은 암흑에서
어둠을 뚫고 서서히 짙어지는 화려한 봄이
나를 불러세운다
차가운 물결 속, 빛조차 닿지 않는 곳에서
그들만의 삶의 빛으로 황홀한 봄이 탄생하고 있다
아득히 내려앉은 어둠 속에서 피어난 생명들처럼
내 안의 빛도 어둠의 깊이만큼
더 단단하게, 더 강하게
심해의 깊은 심장 속에서
찬란하게 나만의 봄으로 태어난다

4부

어둠과 빛으로 완성되어가는 삶의 퍼즐

나의 유래는

나의 유래는
미지의 대륙의 여행으로부터
한 달음에 달려온
소금기 머금은 산바람
탁류 위로 기분 좋게 춤사위를 펼치는
서해 해안가의 작은 도시입니다

나의 유래는
밤하늘에 쏟아지는
수 없는 별빛보다 더 빛나던
가족들과 아이들의 웃음소리로
저녁 시간 동네의 길거리를 가득 수놓던
공기입니다

나의 유래는
넘실대는 하얀 파란빛으로 부서지는 바닷가
노을빛으로 이내 스며들던 저녁시간
마음과 웃음, 물건을 건네면서도
주방에서 따뜻한 새하얀 쌀밥을 지어주시던
어머니의 사랑입니다

인생의 활주로

언제 출발할지 모르는
인생의 활주로
그 출발점에 서있다

다른 인생의 화려한 이륙을 보며
나는 점점 더 활주로의 시작점의
뒤쪽으로 밀려난다

저 멀리 나만의 하늘은 있을까
저 멀리 나만의 지평선은 있을까

하늘을 지배하는 구름의 왕국에
내 한 몸 던져
내 인생을 오롯이 비행하는 그날을
매일의 시간을 도화지 삼아
그리고 또 그린다

그 시절, 달빛 내리던 가을밤

둥근 달무리 달빛따라
서쪽으로 서쪽으로
바다 건너
내 마음을 흘려보낸다

지친 여름의 숨결 끝을 머금은
해 질 녘 서늘한 가을바람의
간지러운 반가움과 함께

낯선 곳에서
바쁜 길 한달음에 달려온
신발들의 보름달 빛 품은 소모임

그곳엔 고소한 기다림의 참기름 냄새와
따스한 정이 꼬치에 꽂혀 있다

가족의 사랑으로 버무려진
뜨거운 여름날의 자연과 노동의 결실이
탁자 위에 진열되어 있다

뉘엿뉘엿 기울어지는

둥그런 큰 달빛 한가운데에 보이는
어머니의 바쁜 손놀림과 웃음소리
아이들은 만남의 어색한 웃음소리

오래전 나의 기억들과
고향의 달빛 물들어지는 저녁을
가을밤 별빛 내리던 곳곳을
추억으로 되새겨 본다

가을 하늘

가을바람에 기쁘게 흩날리는
나뭇잎 뒤편을
물속 세상을 구경하는
갓 태어난 어린 송사리처럼
천천히 발맞추어 지켜본다

그곳엔
작은 블록으로 지어진 인간 세상
고뇌와 슬픔도 덩달아 품고
천천히 천천히
안락의 무지개 너머로 움직이는
새하얀 솜털 구름이 있다

멈춰 서야 보이는 것들

쉼 없이 달리는
인생의 쳇바퀴에서
잠시 내려와 멈춰 선다

한줄기 햇빛의 다정함
내 볼을 살갑게 어루만져 주는
바람의 애정 어린 손길

한곳에 서서
마지막 낙엽의 생명에게
최선을 다하는
이름 모를 나무 한 그루까지

멈춰 서야 보이는 것들

작은 별빛의 숨결

깊게 파인 시간의 둔덕과
상처의 계곡을 말없이 비추어주는

작은 별빛의
위안이 담긴 숨결

시리도록 높은 하늘
끊어져 있는 차가운 허공과
얄궂은 내 마음을 가른다

액자

기억의 골짜기
어둡지만 깊은 곳
버려지고 뭉그러진
세상을 향한 거친 붓을 꺾은
내 인생이라는 액자엔
먼지만 예스러니 쌓여간다

과거의 화려한 조명을
노스텔지어 삼아
눈물과 후회와 절망으로
채워진 반쪽 된 그림

이제 스스로 세상의 빛을
물감 삼아
주어진 하루
그 하얀 도화지 위에
나의 숨결로 오늘을 그려
액자에 고이 담아본다

설중화 (雪中花)

계절의 추격에
도망치지 않고
이 자리에서
올곧이 너를
고결하게 기다린다

기다림의 하얀 꽃송이는
너와 나의 세상과
선명한 영원의 약속을
선사한다

가장 추운 날
가장 높은 하늘의 빛이
가장 낮은 나를
고귀하게 비추어준다

빛의 꽃무리

오래된 상처 위로
태양 빛 눈물이
찬란한 빛의 꽃무리로
피어오르는 시간

매서운 숙명은
고요한 시간의 허리를 잘라
성스러운 씨앗 품은 생명을
비추어준다

한여름밤의 행복

푸른빛 하늘의 한여름밤
갈 곳 잃은 내 마음에
들려오는 속삭임

강둑의 산들바람에서
어린아이의 재잘거리는 웃음소리에서

행복은 언제나
내가 찾아주길 기다리고 있다고

한여름밤 열기를 식혀주는 바람과 춤추며
살랑거리며 사랑 노래 속삭인다

더위 뒤에 숨겨진 여름이 감추어둔
나의 행복
그리고 너의 행복이
스며드는 우리의 비밀 보석함
한여름밤

흔적

한 톨도 남김 없이 지나가버린
이력서의 한줄로만 존재하는
과거의 흔적

생채기 난 상처에
소금을 뿌려난 고통을 비벼
몸부림치고서야

바람에 흩날리는 모래알처럼
손에서 모든 것이 시간의 섭리처럼
본래의 자리로 빠져나간다

잊혀진, 기억과 시간들이 묻힌
겉치레에 숨겨진 내 심장의 상처는
눈물만 훔친다

이별

초록빛 새 생명을
탄생시키기 위해서는
화려한 꽃잎을
보내줘야 한다
미련 없이

나의 삶, 나의 선물

한 치 앞이 보이지 않는
안개 낀 길이더라도
빽빽한 숲 속에 길 잃은
세상의 외톨이여도

묵묵하게 내 앞의 희미한 점선을 따라
걸어가다 보면
점선으로 만들어진
나만의 세상의 선물에 도달할 수 있다

빛과 어둠이 반복되는
나무 아래 그늘처럼
어둠만이 계속되지 않는
매일의 순간들이 점선처럼 이어진다

오늘과 같은 사소한 점선의 하루가 모여
나와 누군가에게 의미 있는
인생의 길을 만드는 것
그것이 바로 나의 삶, 나의 선물

나무의 시간

지친 세상의 하루의 끝에서
오늘이 감추어둔
어둠의 숨결까지 올곧이
온몸으로 감싸 안는다

영겁의 세월의 시간 속
홀로 견딘 생명의 으스러짐으로
거짓 없는 햇빛의 뜨거운 축복은
그을린 피부 속
단단한 영혼에 깊이 새겨진다

마주 본다

수평선 너머
숨겨진 문을 열어
세월에 거칠어진 손을 잡고
마주 본다

탁하지만 반짝거리는
소우주를 담고 있는
너의 두눈을
마주 본다

새월이 지나간 자리에
소복소복 쌓여있는
너의 빛바랜 마음을
마주 본다

억새

세상을 향해
곧고 강한 잎새를
뻣뻣하게 세워보지만

삶의 무게에 짓눌려
휘어진 가을 햇살 품고
실없이 찰랑대는 은빛 머리칼

인생의 바람에
세월의 녹록함에
고통으로 피어난
수많은 은빛 꽃망울 따라

가을의 선물이 무르익으며
시간의 종착점을 향해
여물어간다

진리의 끝 혹은 시작의 끝

시간의 열쇠를 들고
공간의 벽을 넘어
기록된 그들의 이야기를
숨죽여 들어본다

내안에
쌓여지는 세상의 비밀
너의 존재의 이유
나의 삶의 가치

갈구하면 갈구할수록
목마른 진리의 끝
혹은 시작의 끝

삶의 지층

하루의 삶이
그의 생을 마치는 시간

검은 땅꺼미가
하루의 무게만큼
나를 천천히 수평선으로
끌어내리는 시간

하루의 인생살이가
산채로 매몰되어
한 줌의 모래알로
층층이 쌓이는 시간

안약

지위와 명예
그 눈부심에 눈뜨지 못하는
내 눈에 떨어뜨리는
독약 한 방울

서서히 퍼져간다
화려한 과거를 지워가며
저 깊이 숨겨진
내 안의 나를 향해

이 세상에 태어나
손발을 허공에 자유롭게 허둥대며
숨 쉬는 것조차 기쁨이었던
그때의 나로

삶의 탄생

금빛 나무에
한 마리 작은 새가 날아와
마음의 창문에 앉아
노래부른다

그녀의 목소리는
은빛 풀잎에 떨어지며
마음의 창문 속
움츠린 나를 불러세운다

갈색빛 조그만 몸을 통해
인생을 노래하는
새로운 삶의 순간이
그녀의 목소리를 타고
세상에 태어난다

나무

한자리에 서서 줄곧
거친 여름의 뜨거움과
차디찬 빗줄기의 시련을
견디고 또 견디어 얻었다

온몸을 화려하게 수놓는
핏빛 붉은빛 섞인 초록빛
그 영광의 빛

눈이 시리도록
가장 아름다울 때
스스로를 내려놓는다

화려한 시절의 책갈피처럼
떨어져 흩날리는 잎사귀에
아쉬움은 없다

매년 다시 찾아올 시련 속에
감추어진 미지의 보물이
더는 두렵지 않기에

무지개

시간의 폭포는
행복을 유인하려
빛을 눈물로
방울방울 담아낸다

숨겨진 빛과 물의
문을 두드리며 통과하는
촉촉한 기억의 터널

밖으로 내밀어 지는
무지갯빛 영혼의 빛깔은

시간을 떠난
시위의 슬픈 몸부림으로
다시 태어난다

유통기한

나의 인생이란 길목의 유한함
죽음의 끝에서 주어진 나만의 유통기한
정해져버린 시간의 일분일초에 처절하게 매달려
나의 無와 같은 존재의 의미를 깨달아간다

비 온 직후 청량한 공기 속에 퍼져 나가는
뜨거운 날 호흡 속에 나는 살아있다
따스한 햇빛 아래 수줍은 작은 풀꽃,
그의 싱그런 미소가 스민 날숨 속에 나는 살아있다

삶이란 유한하기에 그 자체로 가치 있고 영원한 것
매번 멈추었던 그 한걸음
이제 그 망설임은 버리고
나 자신을 돌아보는 나만의 유통기한

인생의 준비된 죽음의 여행 가방,
그 쉼표와 함께,
비로소 나의 인생의 퍼즐이
내가 원하는 모양으로 완성되려 한다

무르뫼, 내 고향 가는 길

매일의 목적지를 향해 달리는 자동차와
묵묵히 걷는 사람들의 적막함만이 왕복하던
무르뫼,
내 고향의 한복판
고요했던 거리의 맥박이 끓어오른다

과거의 나를 내어 채워간
일상들이 모여 매일이 쌓은 시간의 역사는
내 눈길 닿는 길마다
생명을 부여받아 살아 숨 쉰다

멀리 고향을 떠났던 연어가
새로운 생명을 잉태하기 위해 회유하듯
세월이 앗아간 어릴 적 기억을 불러내
당연한 듯 DNA에 각인된 나의 무르뫼

내 고향 향해 회귀하는 갈 곳 잃은
기억의 애처로운 뒷걸음

별처럼 쏟아지는 바다의 땀방울,
부서지는 바다의 비늘 나부끼는

바닷바람 그득한 부둣가 길거리

시장의 좁은 골목 그득 치열한 삶
그 뜨거운 세상의 향기가 이어주는 기억의 길
지금의 나를 구원하기 위해 걷는
무르뫼, 내 고향 가는 길

어린시절 사무친 땀방울의 기억으로
태곳적부터 이곳에 존재한 이들의 숨결을 이어주는
무르뫼, 내 고향 가는 길

네 삶의 심장 소리를 온몸으로 가르쳐 주며
불시착한 인생 위에서 모든 것을 잃은 듯 체념한
시간의 세월에 그저 흘러가는 나를 흔들어 깨우는
무르뫼, 내 고향 가는 길

나이를 먹어 간다는 건

아무런 규칙 없이 배가 부르면
마냥 행복했던 순수한 어린 시절은,
어느덧 기억의 저편으로
시간의 무덤에 이별을 고하고

우리는 그 시절의
투명한 빛의 마음을 잃어가며
나이를 먹어간다

나이를 먹어간다는 건
시간의 파도에 철썩이는
인생의 고통과 슬픔을 삼키며

어쩌면,
세상이 요구하는 규칙과 규율이라는
철장 없는 감옥으로 스스로
자신을 구겨 넣는 것

여자로서,
남자로서,
부모로서,

아내로서,
남편으로서

직장 내 또 다른 규율로
재단된 나의 모습으로
숨죽이며, 살아가는 것

숨죽이며 살아가기에,
서로의 인생의 감옥에 수감된 채
오로지 홀로 감내하며 살아가는 것

스스로를 향한 화살로
검붉은 피를 흘리며 살아가는
자신의 감옥에 고개를 떨구고
주어진 운명을
암담하고 묵묵하게 걸어가는 것

나이를 먹어 간다는 건
평범한 일상을 살아가는
하지만 동시에
우리가 매일을 치열하게

살아내고 있다는 것

나이를 먹어 간다는 건
그 존재 자체로
이미 우리가 세상에 살아가는 가치는
충분하다는
내 안의 진정한 나를 찾아가는 것

밀물과 썰물

빛은 밀물처럼 다가와 나를 감싸고,
해안가에 흩어지는 모래처럼 손끝에 스며든다
가득 차오르는 풍경 속에서
나는 나만의 물결을 헤아리며 잠시 머문다
돈과 권력은 밀물처럼 일렁이며 다가와도
어둠 속으로 소리 없이 사라지고
남겨진 빈자리에서
나는 내 바람의 숨결을 느낀다
삶은 바다새와 같아
해안가에 뜬 빛과 어둠을
번갈아 마주하며
밀려왔다 사라지는 그 리듬 속에서
다시 다가올 순간을 기다린다
어둠은 썰물처럼 밀려와 나를 비추고
속살까지 드러낸 자갈처럼
차갑게 적시는 고요 속에서
나의 벗겨진 인생의 흔적을 따라 걸어간다
걸어가다 보면
내 뒤에 펼쳐진 해안가
파도 속 숨겨진 반짝이는 모래알처럼
빛과 어둠이 남긴 내 역사를 따라
나만의 바다가 완성된다

시간과 순간

시간의 불순물을 벗겨
그 안에 잠든
과거의 나를
오롯이 깨우는 순간

시간의 가면을 벗겨
그 안에 숨겨진
나만의 사유를
빚어내는 순간

낙엽 1

이른 겨울의 숨결을 담아
떨어지는 차가운 물방울을
온몸으로 받아들인다
그저 운명인 것처럼

찬란한 시절을 뒤로한 채
스스로를 낙하시켜
흙으로 돌아간다
그저 운명인 것처럼

낙엽 2

핑그르르 바람을 타고
공기의 계단을 천천히 밟아
이번 생의 삶을
천천히 내려갑니다

이 생과 이별하는 날
계절을 잊고 나풀대는
나비 한쌍처럼

내 기억과 추억이 마주 보며
마지막 가을빛으로
길게 드리워진 그림자 무대 삼아
기쁘게 마지막 춤을 춥니다

낙엽 3

이 세상 하직할 때
내 마지막이
고통과 절망 한가운데 떨어진다
생각하지 말거라

세찬 바람의 흔들림을 타고
최선을 다해
인생의 마지막을 추억할
기회와 시간을
누리고 있는 것이니라

젊음과 영광의
초록빛 몸이 나이 들어
노랑빛 녹슨 삶의 상처로
온몸이 뚫리고 찢겨
세상을 떠나가는 나를 보며
슬퍼하지 말거라

늙어 빛바랜 이 몸의 상처는
나무를 아름답게 만드는
나의 유산이니라

단풍잎

너는 작디작은 초록빛 다섯 손가락을
힘껏 펼쳐
여름내 뜨거운 대지의 열기와
차가운 비바람을 견뎌내었구나

너는 붉은 혈관 뻗어진 작은 손가락 곳곳마다
힘껏 가을내 삶에 대한 의지를 태우며
사랑하는 이들의 추락과 빈자리를 보는구나

너는 끝내 짧은 인생을
가장 화려한 모습으로
바람의 마차를 타고 운명인듯

체념도 없이
후회도 없이
너와 나의 그리운 고향과 삶의 시작으로
돌아가는구나

내가 눈 감는 날

내가 눈 감는 날
내가 만든 붉은 열기와
기쁘게 춤추며
세상을 하얗게 비추어주는
은빛 눈송이 덮인 세상을
살았기를

내가 눈 감는 날
나를 기다린 너를
그리고 나를
사랑했기를

내가 눈 감는 날
내 슬픔과 고통으로 피어난
새하얀 눈꽃송이,
너의 마음 따뜻하게 녹여줄
봄날의 아지랑이로
감싸주었기를

영원의 숲

영겁의 고뇌와
슬픔의 계곡을 지나며
절망을 뱉어온 그대

내 마음 언덕에
눈물 맺힌 꽃잎 향 함빡 적신
그대 위한 자리 놓을 터이니
어서 오세요

당신의 그리움이
빽빽하게 들어선
나의 영원의 숲에
쉬이 지치신 그대 마음을
뉘어보셔요

살아있음에

모든 것을 다 잃어버리고
다시 태양 아래 서 있는 나

어른이라는 굴레에서 벗어나
다시 어린아이가 된 나는

한줄기의 햇빛에도 감사하게 되었다
세상의 모든 존재에 감사하게 되었다

살아있음에
숨 쉬고 있는
내 존재 자체에

존재를 가능하게 하는
그 모든 것들을
사랑하게 되었다

▎마음의 창을 여는 일

 인간은 늘 창문을 통해 세상을 바라본다. 작은 틀 안
의 세상은 완전하지 않다. 창이 벽으로 가로막혀 있다
면 세상은 어둡고, 창 너머 끔찍한 일이 벌어진다면 세
상은 잔인한 곳이다. 하지만 벽에 드리워진 그늘엔 민들
레가 피고, 폭력의 현장엔 연민과 사랑이 존재한다는 것
을 아는가?
 시인은 가장 먼저 창을 바라본다. 자신의 마음엔 어떤
형태의 틀이 있고, 그 너머의 세상을 어떤 눈으로 바라보
고 있는지 읊조린다. 독자는 시인이 바라보는 마음의 창
을 통해 자신의 마음에 있는 창을 만나게 된다.

 시집『뜨거운 날 호흡 속에 나는 살아있다』는 치유의 과
정을 성실히 따르고 있다. 자신을 이해하고, 직면하고,
그리고 해석하며 결국 떨쳐낼 수 없는 '나'를 수용하는 길
에 올라선다. 그 과정은 절대 순탄치 않다. 시인은 가장
어두운 곳에 다다르고, 비로소 자신 안에 빛이 있음을 발
견한다. 자신을 이해하고, 수용하며, 나아가 연민의 마
음으로 시집을 마주하는 이에게 손을 내민다.

이수창 심리학 커뮤니케이터

시, 여미다066

뜨거운 날 호흡 속에 나는 살아있다

초판 1쇄 인쇄	2024년 11월 14일
초판 1쇄 발행	2024년 11월 29일

지은이	김은진
펴낸이	이장우
책임편집	송세아
디자인	theambitious factory
편집 제작	안소라 김소은
관리	김한다 한주연
인쇄	KUMBI PNP
펴낸곳	도서출판 꿈공장플러스
출판등록	제 406-2017-000160호
주소	서울시 성북구 보국문로 16가길 43-20 꿈공장 1층
이메일	ceo@dreambooks.kr
홈페이지	www.dreambooks.kr
인스타그램	@dreambooks.ceo
전화번호	02-6012-2734
팩스	031-624-4527

ISBN	979-11-92134-81-9
정가	13,800원